AF321907

REGRETS SVR

LA MORT DE

MADAME SOEVR

vnique du Roy.

A PARIS.

Par Claude de Monstr'œil, tenant sa boutique en la
Cour du Palais, au nom de Iesus.

1604.

Auec permission.

AV ROY.

IRE,

Ie pensois dormer à vo-
stre Maiesté quelques
vers de l'histoire de ses ge-
stes: Mais le deceds de Madame vostre
sœur, interrompant mon dessein, m'a con-
trainct de vous offrir ces regrets, où i'adiou-
ste des Stances sur les perfections de vostre
Maiesté, & sur la naissace de Mõseigneur
le Dauphin, afin qu'apres vous estre affligé des regrets de Madame vostre sœur
vous ayez subiect de vous resiouyr de la
prediction de Monseigneur vostre fils.

REGRETS SVR LA MORT
de Madame, sœur vnique du Roy.

Ntre tant de soußpirs, si mon affli-
ction
De ses tristes accens n'importune
les Poles,
Qu'on ne l'impute pas à peu d'affection,
Les plus grandes douleurs ont le moins de parol-
les

Côme d'vn feu de paille allumé promptement,
On voit soudain la paille auec la flamme esteinte,
De mesme voyez vous pour vn petit tourment
Cesser en soußpirant le mal auec la plainte.

Ou comme du canon l'estonnante rumeur
Se pert außi soudain que soudain fut son estre,
Ainsi le plus souuent vne grande clameur
Trespasse außi soudain qu'elle cômence à naistre.

Les pauures que l'on voit pleurer les trespassez
Ne deplorent leur mort pour mal qui les oppresse,

Mais pour plaire aux parés, ce leur est bien assés
Qu'ils en portent l'habit, & non pas la tristesse.

Et moy à qui ce dueil sera continuël,
Ie ne puis rendre ainsi ma douleur si vulgaire
Ie veux comme vn vaillant qui combat en duël
Pour surmõter mon mal, peu parler & biẽfaire.

Mais commẽt? surmonter vn tourment assidu,
Qui plus ie veux combatre & plus a de surprise,
Et qui maistre d'escrime en son art entendu
Ne feint iamais son coup qu'il neviẽne à la prise.

Helas on disoit bien par les siecles passez
Que la fortune aidoit au courage superbe,
Mais depuis quelques iours ie recognois assez
Qu'ils en eurent l'effect, & i'en ay le prouerbe.

Mais comment la fortune (ò siecle infortuné)
Desormais seroit elle à mes cris fauorable,
Si comme vn afranchy de rechef enchaisné
Elle me fit heureux pour estre miserable.

N'estoy-ie pas heureux d'vne Dame chery
Qui flattoit mes chansons pour sa gloire enten-
	duës,
Et ie suis mal'heureux comme vn riche apauury
Qui va comptant par tout ses richesses perduës.

Ie racõte aux humains, mais plustost aux rochers

La perte que i'ay faict d'vne bonne Maistresse,
Mais on me fait ainsi qu'aux desastrez nochers,
On viet sçauoir ma perte, & puis on me delaisse.

Ayant de long ennuis le peuple entretenu,
Plus ie hausse ma plainte, & plus la foule est grāde,
Et comme d'vn oracle au vulgaire congnu
On vient prēdre ma voix sans me faire vne offrāde.

Si les pleurs y seruoient i'auroy desià pleuré
Tant que i'aurois en moy quelque chose d'humide,
Et non pas demeurer comme vn homme esgaré.
Qui ne sçait ou courir ayant perdu sa guide.

Ie vais bien à part moy quelquesfois proposant
D'adoucir en pleurant ma douleur vehemente:
Mais comme vn forgeron son brasier arrosant,
Plus ie iette de pleurs, & plus elle s'augmente.

Que pourray-ie donc faire entre tāt de malheurs
Où ie vois ma fortune en fin assubiettie,
Ainsi qu'vn criminel qui gesné de douleurs,
Endurant tous ces maux n'en dit qu'vne partie.

Fortune desormais ie te veux desdaigner
Ainsi qu'vn laboureur le chāp qu'il laisse en friche.
Car ainsi qu'vn Tyran qui tasche de regner
Tu fais pauure celuy que tu fis le plus riche.

Fust-ce par ta faueur, ou bien suis-ie deceu,

Qu'vne telle Princesse asseuroit mon attente.
Non ce n'est pas de toy que ce bien i'ay receu,
On n'eust iamais bon fruict d'vne mauuaise plante.

Qu'esperera de toy l'homme plus admisé,
Pour se pouuoir vn iour dire ta creature,
Ainsi qu'vn Alquemiste en son art abusé,
Qui pour ne rien treuuer met tout à l'aduenture.

Voylà tous les moyens, toutes les qualitez
Dont tu peux faire Roy le plus simple man'œuure:
Et comme Magicien par tes subtilitez
Faire d'vn beau visage vne laide couleure.

Mais sçais tu que tu peux, variable iouët,
Affliger les plus grands, & ruiner les plus dignes:
Et comme vn estranger qui feint estre muët,
Nous tromper en effect en nous parlant par signes.

Ie ne t'accuse pas, impitoiable mort,
D'affliger d'vn tel coup les Princes de Loraine:
Mais i'en accuse bien l'inconstance du sort
Qui leur promit du bien pour les payer de peine.

Auant qu'elle mourut, Iunon, Pallas, Themis,
Apollon & Astree, enuoierent Mercure,
Afin de consoler les Princes, ses amis,
Comme il faut tous payer le tribut à nature.

Quand Mercure arriua il ouyt ce discours,

Ie legue à Dieu mon ame auec mon esperance,
A la terre mon corps son funebre recours,
Des pleurs à la Lorraine, & vn dueil a la France.

Ie laisse au Roy mon frere, vn affable amitié,
A la Royne vn respect dont ie viens me demettre:
Ie laisse à mon Beau-pere vne grande pitié,
On doit rendre à sa fin toute chose à son maistre.

Ie laisse à mon Espoux pour le temps aduenir
La flâme dont il m'a si feruëment aymee,
Au Cardinal mon frere vn triste souuenir,
,, L'amitié n'est si tost en la tombe enfermee.

A mon autre Beau-frere vn soudain repentir
De n'auoir peu fermer ma funeste paupiere:
A sa femme ma sœur vn fascheux ressentir
D'auoir veu les souspirs de mon heure derniere.

A ma sœur la Princesse vn lamentable Adieu
Voyant par mes douleurs ma fin toute apparente:
A mes Tantes ie laisse vn solitaire lieu
Pour plaindre le trespas de leur bonne parente.

Mercure ne voulant long temps patienter
Retourne dans le ciel sans entendre le reste:
Aussi ne peut-on pas sans tristesse escouter
Les derniers entretiens d'vne bouche funeste.

Puis il vient rendre compte au troupeau immortel

Qui

Qui l'auoit enuoyé faire ceste ambassade,
Qu'à peine lon pourroit consoler vn mortel
De la mort de quelqu'vn qu'il a pleuré malade.

Iunon qui commandoit au celeste troupeau
Voulut auec sa bande elle mesme descendre,
Elle auoit honoré vn si digne berçeau
Elle voulut encor' faire honneur à sa cendre.

Comme elle vient au lieu où le corps gisoit mort
Elle entend des soupirs que chacun faisoit naistre,
Quel remede peut-on apporter à la mort,
On commence à mourir quand on commence d'estre.

Son Altesse constante en toute autre douleur
Supportoit ceste-cy auec impatience:
Aussi failloit-il bien en vn si grand malheur,
Estre sans passion, ou bien sans patience.

De l'Espoux affligé elle n'entend sinon
Qu'vne bouche affoiblie & d'ennuys & de crainte:
Comme on voila les yeux du grand Agamemnon
Ie le rendray muet pour mieux dire sa plainte.

Le Cardinal son frere en vn lict detenu
Ne peut souffrir le choc de si rudes alarmes,
Et comme vn prisonnier par force retenu,
Pour chose qu'on luy die il n'apaise ses larmes.

En fin ce n'estoit plus qu'vne triste rumeur

Des Lorrains des François qui furent de sa suitte,
Auez vous pas ouy la dolente clameur
Qu'on fait dãs vn vaisseau qui n'a plus de cõduitte.

Iunon veut consoler tous ces cœurs desolez,
Mais si tost leur douleur par discours ne s'appaise,
C'est comme vn Mareschal qui du vent des souflez,
Esteint souuent sa lampe & allume la braise.

Elle approche du corps, & sa grande splendeur
Qui donnoit à la chambre vne clarté nouuelle,
Tesmoignoit à chacun qu'vne telle grandeur,
Estoit toute celeste, & non pas naturelle.

Elle dit hautement, où est la qualité
Dont i'auois anobly ta premiere naissance,
Qui fit voir à chacun ta liberalité,
Non selon tes desirs, mais selon ta puissance.

Puis que tes yeux ne sont esclairez du Soleil
A reprendre ma pompe il faut que ie m'essaye,
Ou qu'on me rende au moins mon royal appareil,
On rend le principal ou la rente se paye.

Ie veux ce dit Pallas, qu'on me rende l'esprit
Qui la fit estimer maistresse d'Amalthee,
Dés vos plus ieunes ans l'equité vous apprit
Qu'on doit rendre sans force vne chose prestee.

Ie veux ce dit Themis, que l'on me rende aussi

Ceste grande equité dont i'honoray son aage,
Car par vos loix ie puis vous tesmoigner icy
Qu'au plus proche parent retourne l'heritage.

Apres dit Apollon rendez moy promptement
Ma lire qui faisoit par tout sa gloire entendre,
Aussi sçauez vous bien qu'on dit communement
Qui tient le bien d'autruy est suiect de le rendre.

Par apres dit Astree, enuieuse d'honneurs,
Pour ma vertu qu'elle eust ne me soyez pas chiche,
Car vous sçauez assez que l'on donne aux Seigneurs
Quelque petit present pour en auoir vn riche.

Chacune reprenant le parement plus beau
Qui iadis la combloit & d'honneur & de gloire,
Elles donnent son corps au funeste tombeau,
Son ame au Createur, son nom à la memoire.

AV ROY.

Par les heureux succez d'vne bouillante ardeu
Le Roy nous represente en luy seul vn grãd mõ
de,
L'vn à son feu, son air, & sa terre & son onde,
L'autre valeur, prudence, abondance, & grandeur,
Par ceux la l'vniuers en son estre demeure,
Et par ceux-cy le Roy tient la France plus seure.

Le ciel a comme chef son Soleil & sa Lune,
Son esprit comme chef, preuoyance & bon-heur:
De ceux là l'vniuers emprunte son honneur,
De ceux-cy le Roy tient son bien & sa fortune:
Ceuxlà chassent du monde vne obscure vapeur,
Ceux-cy chassent du Roy & le mal & la peur.

Le ciel a son Iris peinte en mille couleurs,
Le Roy a son idee en cent couleurs despeinte,
De l'vne vient la pluye, & de l'autre la crainte,
Et d'elles vient le bien, & d'elles les douleurs,
Si bien que nous voyõs en cest age où nous sommes,
Le monde estre regy de mesme que les hommes.

Pour vos astres grand Prince & constans &
  qui meuuent,
Vous eustes la iustice, & eustes la pitié,
L'vne naist du pouuoir l'autre de l'amitié,
Et toutes deux pour l'homme en vn homme se treu-
  uent,
L'vne donne la crainte, & l'autre le guerdon,
L'vne n'offre que peine, & l'autre que pardon.

Les astres plus constants sont au ciel attachez,
La Iustice s'attache à vostre diadesme,
A tous coup la pitié s'eschappe de vous mesme,
Comme les feux mouuans sont du ciel descochez,
Voulant côme le ciel tous les hommes contraindre
Tantost à vous aymer, & tantost à vous craindre.

Les esclairs mesmement postillons de la foudr
Menacent les mortels pour mieux les asseurer,
Le tourbillon qui semble vn deluge augurer
Pour toute euersion n'enleue que la poudre,
Et l'hyuer quelquesfois nous couurant de vapeur
Asseure nostre paix au milieu de la peur.

Le feu le plus subtil & premier élement
Tient au dessus de l'air sa retraicte esleuee,
Et l'air d'humidité tient sa loge abreuee
Pour rabattre du feu le bruslant mouuement:
Et la terre plus bas qui sert de borne à l'onde,
Parfaict auec ces trois les naissances du monde.

La valeur comme vn feu remply de violence
Aux lieux plus redoutez va cerchant le danger:
La prudence se veut en bon ordre renger,
Pour rabatre l'ardeur d'vne prompte vaillance:
L'abondance qui fait la grandeur a costé,
Parfaict du monde humain l'entiere authorité.

Comme le feu au ciel tient le plus noble lieu,
En l'homme la valeur tient le rang le plus digne:
Comme il est esleué au lieu le plus insigne,
La valeur vous esleue au plus proche de Dieu,
Comme il peut eschanger en feu la masse ronde,
Vos valeurs changeront en France tout le monde.

L'air vn peu plus pesant que le feu son contraire

Alentit son ardeur par son humidité,
Et la prudence ayant plus de solidité,
Affermit la valeur par raison necessaire:
Dont le monde & la France en si nobles effaicts
S'affranchissent de trouble, & se donne la Paix.

La terre formillant de mille fruicts diuers
Authorise l'honneur de chacune Prouince,
L'abondance souuent authorise son Prince,
Quand aux plus meritans ses thresors sont ouuerts,
Dont leur honneur s'achepte en differentes sommes,
L'vne au pris de ses fleurs, l'autre au pris de ses hom-
mes.

Vn nombre de poisson dessous l'eau se retire,
Qui luy rendant hommage, y prend son aliment,
Vous tenez sous vos bras vn peuple entierement
Que par tant de moyens vostre grandeur attire:
Plus l'eau donne aux poissons, plus se tiennent suiets,
Plus donne la grandeur, plus ell' à de subiects.

Voylà les elemens & les membres diuers
Qui peuuent à iamais asseurer vostre Empire,
Ce sont les elemens sous qui la France aspire
D'aller perdre son nom au nom de l'vniuers,
Où l'on dira ce Roy, qu'autre Roy ne seconde,
Ne se doit par souhait estrener que du monde.

SVR LA NAISSANCE
de Monsieur le DAVPHIN.

QVand Rome veid esteint le sainct feu des Vestales
Elle craignoit le ioug d'vne autre nation:
Et nous en nous voyant sans familles Royalles
Nous redoutions l'effort d'vne sedition.

Mais Rome s'asseura quand vne fille saincte
Luy peut ce feu sacré du Soleil rapporter,
Et nostre peur cessa quand vne Royne enceinte
Nous a peu ce Dauphin d'vn tel Prince enfanter.

Il falloit aux Troyens l'image de Minerue
Pour n'estre par les Grecs en armes desconfits,
Afin que des François le sceptre se conserue
Il leur falloit auoir à la France vn tel fils.

Iamais en la Tempeste vn vaisseau ne s'asseure,
Qu'vn Sainct Elme ne vienne en promettre la fin,
La pauure France aussi ne pouuoit estre seure
Qu'elle ne vit chez elle arriuer ce Dauphin.

Au iour que dans les eaux quelque Dauphin prend estre
La Balaine est charmee en voyant sa beauté,
Ainsi quand ce Dauphin en la France vient naistre
Le plus seditieux en demeure enchanté.

Et les Iuifs rebellez aux Romains se soubsmettent
En voyant sur le soir le soleil reuenir:
Ainsi de leurs desseins les mutins se demettent
En voyant ce grand Roy au Dauphin reuenir.

Iupiter sceut par force auoir son Diadéme,
Et tint par sa bonté son peuple en amitié,
Et le Dauphin ayant ceste planette mesme,
Sera vaincœur de force, & vaincu de pitié.

Il faut bien que le Turc face estat de se rendre,
Sans qu'il cherche iamais vn plus digne dessein,
Et comme Bucefal voyant cest Alexandre,
De ses mains seulement il accepte le frein.

Et ces vers, mes enfans, font offices d'oracles,
Comme il doit vaincre vn iour l'infidelle mutin:
Et comme fit Cyrus surmontant ses obstacles,
Il doit par ses effects accomplir son destin.